KB067849

카페에서 읽는 명시

쌔라 강 편역

대학에서 영어 교육학을 전공한 후 반평생을 영어 관련 직업에 종사하고 있다. 오랫동안 영어 교육 현장에서 가르치면서, 영단어도 익히면서 영작문 공부를 하는 동시에 다양한 교양을 잡는, 즉 일석삼조의 공부법은 없을까 하는 문제의식으로 『1석3조 VOCA』를 집필한 바 있다. 이 책 『카페에서 읽는 명시』는 영문학에 대한 애착을 바탕으로 영미권 명시를 편역했다.

카
페
에
서
읽
는
명
시

칼릴 지브란
윌리엄 버틀러 예이츠
헨리 워즈워스 롱펠로
외 지음
쌔라 강 편역

북카라반
CARAVAN

1

사랑만을 위해 사랑하리라

2

가장 빛나는 진실이 입맞춤 안에 있었네

3

상실은 복원되고 슬픔 또한 끝나리라

4

읊어다오, 순수하고 가슴에 사무치는 시를

5

평지의 가장자리를 따라 피는 수선화처럼

1

+

사랑만을 위해 사랑하리라

어느 날 그녀 이름 적었더니

에드먼드 스펜서

어느 날 모래위에 그녀의 이름을 적었더니
파도가 밀려와 그 이름을 지우고 말았다
다시금 그 이름을 썼지만
조수가 밀려와 내 수고를 헛되게 하였네.

헛된 일을 하는 분이여, 그녀는 말했다.
영원치 못할 것을 영원케 하려고 헛수고 마세요
나 자신도 이처럼 사라질 것이며
내 이름도 그와 같이 지워질 것이오.

그렇지 않소, 내가 말했다. 미물은 죽어
흙이 되지만 그대는 명성으로 영원히 살리라
내 읊는 시는 그대의 고결함을 영원히 전하고
그대의 영광스런 이름을 하늘에 새겨 놓겠소.

그리하여 죽음이 온 세상을 삼킬지라도
우리의 사랑은 살겠고, 새롭게 태어 날 것이오.

One Day I Wrote Her Name

Edmund Spenser

One day I wrote her name upon the strand,

But came the waves and washed it away:

Again I wrote it with a second hand,

But came the tide, and made my pains his prey.

Vain man, said she, that does in vain assay

A mortal thing so to immortalize,

For I myself shall like to this decay,

And eke my name be wiped out likewise,

Not so, quoth I, let baser things devise

To die in dust, but you shall live by fame:

My verse your virtues rare shall eternize,

And in the heavens write your glorious name.

Where whenas Death shall all the world subdue,

Our love shall live, and later life renew.

삶은 아름다움을 팝니다

세라 티즈데일

삶은 아름다움을 팝니다
온갖 아름답고 멋진 것들을,
절벽에 하얗게 부서지는 푸른 파도
흔들리고 노래하며 치솟는 불꽃
잔처럼 경이로움을 담고
쳐다보는 아이들의 얼굴.

삶은 아름다움을 팝니다,
금빛으로 휘어지는 음악
비에 젖은 솔 향기
당신을 사랑하는 눈, 포옹하는 팔
당신 영혼의 고요한 기쁨을 위해
밤하늘에 별을 수놓는 거룩한 생각들.

아름다움 위해 가진 것 다 바치세요
사고 나선 값을 따지지 마세요,
순수를 노래하는 평화로운 한 시간은
싸움에 잃어버린 긴 세월의 값이므로
한 순간의 환희를 위해
당신 자신과 그 모든 것을 바치세요.

Barter

Sara Teasdale

Life has loveliness to sell,

All beautiful and splendid things,

Blue waves whitened on a cliff,

Soaring fire that sways and sings,

And children's faces looking up

Holding wonder like a cup.

Life has loveliness to sell,

Music like a curve of gold,

Scent of pine trees in the rain,

Eyes that love you, arms that hold,

And for your spirit's still delight,

Holy thoughts that star the night.

Spend all you have for loveliness,

Buy it and never count the cost;

For one white singing hour of peace

Count many a year of strife well lost,

And for a breath of ecstasy

Give all you have been, or could be.

청춘

새뮤얼 울만

청춘이란 인생의 어떤 한 시기가 아니라
어떤 마음가짐을 뜻하며
장밋 빛 볼, 붉은 입술, 유연한 무릎을 지닌다는 것이 아니라
강인한 의지력, 풍성한 상상력과 활기찬 감수성과
인생의 깊은 샘에서 솟아나는 신선함을 뜻한다.

청춘이란 수줍음을 물리치는 용기와
안이함을 넘어서는 모험심을 의미한다
때로는 스무 살의 청년보다 예순 살의 노인이 더 청춘일 수 있네.
모든 이가 나이로 늙어가는 것이 아니라
내가 나의 이상을 잃었을 때, 나는 늙어간다.

세월은 피부의 주름을 늘어나게 하고
열정이 소멸하면 영혼에 주름이 진다.
근심과 두려움, 상실한 자신감은
우리의 정신을 말살하고, 영혼은 재처럼 타버린다.

모든 인간의 마음에는, 예순이건 열여섯이건
경이로움에 대한 동경과 어린아이 같은 탐구심과
인생을 즐기려는 열정은 있는 법

그대와 나의 마음에 유별난 촉각이 있으니
하나님과 사람으로부터 온 아름다움과 희망이라
기쁨과 용기와 힘으로써 영감을 받는 자는
영원히 청춘이 될 수 있다.

영감이 사라지고
정신은 냉소적인 시각으로 덮이고
그대가 슬픔의 얼음 속에 갇혔을 때
그대는 스무 살이라도 노인이네.
그대가 높은 이상과 희망의 물결을 붙잡고 있는 한
그대가 여든 살이라도, 언제나 새파란 청춘이라네.

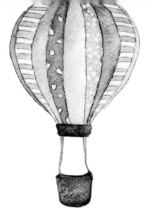

Youth

Samuel Ullman

Youth is not a time of life,

it is a state of mind.

It is not a matter of rosy cheeks, red lips and supple knees.

It is a matter of the will, a quality of the imagintion, a vigor

of the emotions.

It is the freshness of the deep springs of life.

Youth means a temperamental predominance of courage over

timidity,

of the appetite for adventure over the love of ease.

This often exists in a man of sixty more than a boy of twenty.

Nobody grows old merely by a number of years.

We grow old by deserting our ideals.

Years may wrinkle the skin,

but to give up enthusiasm wrinkles the soul.

Worry, fear, self-distrust bows the heart

and turns the spirit back to dust.

Whether sixty of sixteen,

there is in every human being's heart the lure of wonder,

the unfailing child-like appetite of what is next,

and the joy of the game of living.

In the center of your heart and my heart there is a wireless station;

so long as it receives messages of beauty, hope, cheer, courage

and power from men and from the infinite,

so long are you young.

When the aerials are down,

and your spirit is covered with snows of cynicism

and the ice of pessimism, then you are grown old, even at twenty.

But as long as your aerials are up,

to catch the waves of optimism,

there is hope you may die young at eighty.

잊어버려요

세라 티즈데일

잊어버려요, 꽃을 잊듯이
한때 황금빛으로 노래하던 불을 잊듯이
아주 영원히, 영원히 잊어버려요
세월은 다정한 벗, 그것이 우리를 늙게 하리니.

혹 누가 묻거든, 다 잊었다 말해줘요
아주 오래, 오래 전에
꽃처럼, 불처럼 잊은 지 오랜 눈 속에
고요한 발자국처럼.

Let It Be Forgotten

Sara Teasdale

Let it be forgotten as a flower is forgotten,

Forgotten as a fire that once was singing gold.

Let it be forgotten forever and forever,

Time is a kind friend, he will make us old.

If anyone asks, say it was forgotten

Long and long ago,

As a flower, as a fire, as a hushed footfall

In a long-forgotten snow.

인생

샬럿 브론테

인생은 사람들 말처럼
어둡기만 한 꿈은 아니네.
이따금 아침에 살짝 내리는 비는
화창한 날을 미리 말해주고.
때론 우울한 구름도 끼지만
모두 일시적일 것 일뿐.
소나기가 와서 장미를 피게 한다면
소나기 내리는 것을 슬퍼할 이유가 없다네.
순식간에, 즐겁게,
화창한 시간들은 스쳐 지나가니
감사하게, 기분 좋게,
시간이 흘러가는 것처럼 시간을 즐기세요.

때로는 죽음이 끼어들어서
가장 좋아하는 이를 데려간다 해도,
슬픔이 승리하는 것처럼 보여
우리의 희망이 심하게 흔들린다 해도,
그래도 희망은 다시 용수철처럼 솟아나서
넘어져도 굴복되지 않으니,
여전히 그 금빛 날개는 활기차고
여전히 우리를 잘 감싸줄 만큼 강하네.
씩씩하게, 담대하게,
시련의 날들을 견디고
영광스럽게, 승리를 거두어,
용기가 절망을 이겨낼 수 있기를!

Life

Charlotte Bronte

Life, believe, is not a dream,

So dark as sages say;

Oft a little morning rain

Foretells a pleasant day.

Sometimes there are clouds of gloom,

But these are transient all;

If the shower will make the roses bloom,

Oh, why lament its fall?

Rapidly, merrily,

Life's sunny hours flit by,

Gratefully, cheerily,

Enjoy them as they fly.

What though death at times steps in,

And calls our Best away?

What though Sorrow seems to win,

O' er hope a heavy sway?

Yet Hope again elastic springs,

Unconquered, though she fell,

Still buoyant are her golden wings,

Still strong to bear us well.

Manfully, fearlessly,

The day of trial bear,

For gloriously, victoriously,

Can courage quell despair!

가여워 마세요

에드나 빈센트 밀레이

나를 가여워마세요, 날이 저물어
낮의 빛이 하늘에서 걸음을 멈추어도
나를 가여워마세요, 한 해가 저물어
아름다움이 들판과 덤불에서 사라진대도
나를 가여워마세요, 달이 이지러지고
썰물이 바다로 밀려가도,
한 남자의 사랑이 그리도 곧 식어 당신이
나에게 더 이상 사랑의 눈길을 주지 않아도.

나는 알고 있었어요, 사랑이란 언제나
바람에 휩쓸려가는 활짝 핀 꽃일 뿐,
강풍에 떠밀려온 난파선 잔해를 흩뿌리며
해안을 넘나드는 큰 조수에 지나지 않음을.
재빠른 머리는 언제나 알고 있는 것을
가슴은 더디게 배운다는 것을 가여워하세요.

Pity Me Not

Edna Vincent Millay

Pity me not because the light of day

At close of day no longer walks the sky;

Pity me not for beauties passed away

From field nd thicket as the year goes by;

Pity me not the waning of the moon,

Nor that the ebbing tide goes out to sea,

Nor that a man's desire is hushed so soon.

And you no longer look with love on me.

This have I known always; love is no more

Than the wide blossom which the wind assails,

Than the great tide that treads the shifting shore,

Strewing fresh wreckage gathered in the gales.

Pity me that the heart is slow to learn

What the swift mind beholds at every turn.

그대가 늙거든

윌리엄 버틀러 예이츠

그대 늙어서 머리 희어지고 잠에 겨울 때,
난로 가에서 졸게 되거든 이 책을 꺼내어
천천히 읽으라, 그리고 그대의 눈이 한때 지녔던
부드러운 모습과 그 깊던 그림자를 꿈꾸라.

얼마나 많은 이들이 그대의 기쁨의 우아한 순간들을 사랑했는지
그리고 거짓이든 진실이든 그대의 아름다움을 사랑했는지
그러나 한 남자는 그대의 순례하는 혼을 사랑하였고,
그대의 변해가는 얼굴의 슬픔까지도 사랑하였다.

붉게 타는 난롯가에 구부리고 앉아
슬픈 어조로 중얼거려보라, 어떻게
사랑이 저편 산 너머로 걸음을 옮겼는지
그리고 수많은 별무리 속에 그 얼굴을 감추었는지를.

When You Are Old

William Butler Yeats

When you are old and grey and full of sleep,
And nodding by the fire, take down this book,
And slowly read, and dream of the soft look
Your eyes had once, and of their shadows deep;

How many loved your moments of glad grace,
And loved your beauty with love false or true,
But one man loved the pilgrim soul in you,
And loved the sorrows of your changing face;

And blending down beside the glowing bars
Murmur, a little sadly, how love fled
And paced upon the mountains overhead
And hid his face amid a crowd of stars.

내 나이 스물하고 하나였을 때

앨프리드 에드워드 하우스먼

내 나이 스물하고 하나였을 때
어느 현명한 사람이 말했지요,
"은화와 지폐와 동전은 다 주어도
네 마음만은 주지 말아라.
진주와 루비는 내주어도
너의 꿈은 자유로이 지켜라."
하지만 내 나이 스물하고 하나였으니
아무 소용없는 말이었지요.

내 나이 스물하고 하나였을 때
그가 다시 나에게 말했지요,
"마음으로 주는 사랑은
헛되이 주어지는게 아니고
숱한 한숨과 끝없는 슬픔의
대가로 받는 것이다"

내 나이 스물하고 둘이 된 지금,
아 그건, 진리입니다, 진리입니다.

When I was One-and-Twenty

Alfred Edward Housman

When I was one-and-twenty

I heard a wise man say,

"Give crowns and pounds and guineas

But not your heart away;

Give pearls away and rubies

But keep your fancy free."

But I was one-and-twenty.

No use to talk to me.

When I was one-and twenty

I heard him say again,

 "The heart out of the bosom

Was never given in vain;

 "Tis paid with sighs a plenty

And sold for endless rue."

And I am two-and-twenty,

And oh, 'tis ture, 'tis true.

당신이 날 사랑해야 한다면

엘리자베스 배럿 브라우닝

당신이 날 사랑해야 한다면, 오직 그 무엇도 아닌

사랑만을 위해서 사랑해 주세요.

'난 그녀의 미소 때문에, 외모 때문에,

부드러운 말씨 때문에, 나와 잘 맞는, 그리고

힘든 날에도 확실히 기분 좋은 편안함을 주는

사고방식 때문에, 그래서 나는 그녀를 사랑해.' 라고

말하진 마세요. 이런 것들은 그 자체가 변하기도 하고,

사랑하는 이여, 당신 탓에 변하기도 해,

그렇게 이룬 사랑은 그렇게 깨질 수도 있어요.

내 뺨에 흐르는 눈물을 닦아주려는 연민의 정으로도

날 사랑하지 마세요. 당신의 위로를 오래 받으면 우는 것도 잊고

당신의 사랑마저 잃게 될 수 있으니까요.

다만 사랑만을 위해 사랑해 주세요

사랑의 영원함으로 당신이 언제까지나 사랑할 수 있도록.

If Thou Must Love Me

Elizabeth Barrett Browning

If thou must love me, let it be for nought

Except for love's sake only. Do not say

I love her for smile—her look—her way

Of speaking gently, —for a trick of thought

That falls in well with mine, and certes brought

A sense of ease on such a day—

For these things in themselves, Beloved, may

Be changed or change for thee, —and love, so wrought,

May be unwrought so, Neither love me for

Thine own dear pity's wiping my cheek dry, —

A creature might forget to weep, who bore

Thy comfort long, and lose thy love thereby!

But love me for love's sake, that evermore

Thou may'st love on, through love's eternity.

비상

세라 티즈데일

갈망하는 눈빛으로 돌아보고
뒤따르는 저를 알아주세요
당신의 사랑으로 절 일으켜 세워주세요
산들바람이 제비를 들어 올리듯
햇살이 내리쬐거나 폭풍우가 몰아쳐도
우리로 멀리 날아가게 해주세요
하지만 나의 첫 사랑이
나를 다시 부르면 어떻게 하죠?

당신의 가슴에 나를 안아주세요
용감한 바다가 거품을 머금고 있듯이
저를 저 멀리로 데려가 주세요
당신의 집을 숨기는 언덕으로
평안으로 초가지붕을 잇고
사랑으로 문빗장을 걸어요
하지만 나의 첫 사랑이
나를 또 다시 부르면 어떻게 하죠?

The Flight

Sara Teasdale

Look back with longing eyes and

know that I will follow,

Lift me up in your love as

a light wind lifts a swallow,

Let our flight be far in

sun or windy rain—

But what if I heard my

first love calling me again?

Hold me on your heart as

the brave sea holds the foam,

Take me far away to

the hills that hide your home;

Peace shall thatch the roof and

love shall latch the door—

But what if I heard my

first love calling me once more?

고집스러운 생각

에이미 로웰

하나의 생각이 너무 끊임없이 이어질 때
그 안에는 고통이 자리 잡고 있는 것
아무리 다정하고, 여전히 환영할 만한 것일 지라도
피곤한 생각은 그것으로 인하여 아프기만 하네.
흐릿한 추억은 쉴 새 없이 기억들을 떠 올리고
찾지 않아도 지나간 기쁨이 우리에게 찾아들며
그 되살아난 모든 기쁨은 순화된 아픔이 됩니다
습관이 되어, 우리는 몸부림치지만, 다시 붙잡습니다.
당신은 평화로이 날개를 접고, 내 마음을 둥지
삼아서 누워 있습니다, 당신은 결코 모를테지요
당신이 그렇게 내 삶을 버겁게 누르면 내가 얼마나
뭉개지는지를, 내가 당신을 너무나 사랑하므로
당신은 정당히 추구하려는 내 자유를 동여매고 있습니다.
불쌍히 여겨 당신의 늘어뜨린 날개를 세워 날아가 주오.

A Fixed Idea

Amy Lowell

What torture lurks within a single thought

When grown too constant, and however kind,

However welcome still, the weary mind

Aches with its presence. Dull remembrance taught

Remembers on unceasingly; unsought

The old delight is with us but to find

That all recurring joy is pain refined,

Become a habit, and we struggle, caught.

You lie upon my heart as on a nest,

Folded in peace, for you can never know

How crushed I am with having you at rest

Heavy upon my life. I love you so

You bind my freedom from its rightful quest.

In mercy lift your drooping wings and go.

2

+

가장 빛나는 진실이 입맞춤 안에 있었네

가장 아름다운 것

로버트 브라우닝

한 해의 모든 숨결과 꽃은 벌 한 마리의 자루 속에,
광산의 모든 경이와 풍요는 보석 한 알의 가슴에 있네
한 알의 진주 속에는 바다의 모든 그늘과 빛이 들어 있다
숨결과 꽃, 그늘과 빛,
경이, 풍요, 그리고 그것들보다 더 높은 곳에 있는
보석보다 더 빛나는 진실
진주보다 더 순수한 믿음
우주에서 가장 빛나는 진실, 가장 순수한 믿음
−나에겐 이 모두가
한 소녀의 입맞춤 안에 있었네.

Summmum Bonum

Robert Browning

All the breath and the bloom of the year in the bag of one bee:

All the wonder and wealth of the mine in the heart of one gem:

In the core of one pearl all the shade and the shine of the sea:

Breath and bloom, shade and shine,

—wonder, wealth, and—how far above them—

Truth that's brighter than gem,

Trust, that's purer than pearl,—

Brightest truth, purest trust in the universe—all were for me

In the kiss of one girl.

사랑

칼릴 지브란

사랑이 그대에게 손짓하면 따라가세요
그 길이 험하고 가파르다 해도,
사랑의 나래가 그대를 품으면 순순히 안기세요
비록 그 날개에 숨은 칼날이 그대를 상하게 하더라도
그리고 사랑이 그대에게 말을 하거든 믿으세요,
북풍이 꽃밭을 망가뜨려 눕히듯이
사랑의 목소리가 그대의 꿈을 산산조각을 낸다 해도.
사랑이란 그대에게 왕관을 씌워주지만,
당신을 못 박기도 하니까요
사랑이란 그대를 성숙하게도 하지만 가지를 치는 아픔도...
사랑은 자신 이외에 아무것도 주지 않고 받지도 않습니다
사랑은 소유하지 아니하고 소유 당하지도 않을 겁니다
왜냐하면, 사랑은 사랑으로 충분하니까요.

Love

Kahlil Gibran

When love beckons to you follow him,

Though his ways are hard and steep.

And when his wings enfold you yield to him,

Though the sword hidden among his pinions may wound you.

And when he speaks to you believe in him,

Though his voice may shatter your dreams

as the north wind lays waste the garden.

For even as love crowns you so shall he crucify you.

Even as he is for your growth so is he for your pruning...

Love gives naught but itself and takes naught but from itself.

Love possesses not nor would it be possessed;

For love is sufficient unto love.

새빨간 장미

로버트 번스

오 내 사랑은 유월에 갓 피어난,
새빨간 장미꽃 같아라
오 내 사랑은 곡조에 맞춰 감미롭게
연주된 멜로디 같아라

그대 너무 아름다워, 내 아리따운 아가씨
내 진정 그대를 깊이 사랑하오,
그대여, 나는 그대를 끝까지 사랑하리라
모든 바다가 마를 때까지.

모든 바다가 마를 때까지, 그대여,
태양이 바위를 녹여버릴 때까지.
그대여, 나는 그대를 끝까지 사랑하리라
생명의 모래가 흐르는 동안.

잘 있어요, 내 단 하나뿐인 그대여,
잠시 동안이라도 잘 있어요!
내가 다시 오리다, 내 사랑,
비록 수만리 길이라 해도.

A Red, Red Rose

Robert Burns

O My Luve's like a red, red rose,

That's newly sprung in June;

O My Luve's like the melodie

That's sweetly played in tune.

As fair art thou, my bonnie lass,

So deep in luve am I;

And I will luve thee still, my dear,

Till a' the seas gang dry.

Till a' the seas gang dry, my dear,

And the rocks melt wi' the sun:

And I will love thee still, my dear,

While the sands o' life shall run.

And fare thee weel, my only luve,

And fare thee weel awhile!

And I will come again, my luve,

Though it were ten thousand mile.

그대를 여름날에 비해 볼까요?

윌리엄 셰익스피어

나 그대를 여름날에 비해 볼까요?
그대는 그보다 더 사랑스럽고 온유해요
거친 바람이 오월의 어여쁜 꽃봉오리를 흔들고
여름이 빌려 온 기간은 너무나 짧은 날이네

때때로 하늘의 눈은 너무나 뜨겁게 비치고,
그의 황금빛 얼굴은 자주 흐려지네
어떤 미인도 언젠가는 그 아름다움이 사라지고
우연이나 자연의 변화로 고운 치장 빼앗기네

그러나 그대의 여름은 영원히 시들지 않고
그대가 지닌 그 아름다움도 사라지지 않으리
이 불멸의 시 속에서 그대가 시간과 함께 나아갈 때
죽음도 그의 그늘 속에서 그대가 헤맨다고 자랑치 못하리

인간이 숨 쉬고 눈이 있어 볼 수 있는 한,
그렇게 길이 살아서, 이 시는 그대에게 생명을 줄 것이니.

Shall I Compare Thee to a Summer's Day?

William Shakespeare

Shall I compare thee to a summer's day?
Thou art more lovely and more temperate:
Rough winds do shake the darling buds of May,
And summer's lease hath all too short a date:

Sometime too hot the eye of heaven shines
And often is his gold complexion dimmed;
And every fair from fair sometimes declines,
By chance or nature's changing course untrimmed;

But thy eternal summer shall not fade,
Nor lose possession of that fair thou ow'st;
Nor shall death brag thou wander'st in his shade,
When in eternal lines to time thou grow'st:

So long as men can breathe, or eyes can see,
So long lives this, and this gives life to thee.

내 진실한 사랑 내 마음 갖고

필립 시드니

내 진실한 사랑은 내 마음 갖고, 나는 그의 것 가지니
똑같이 서로 주고 받았네.
나는 그의 것 소중히 간직하고, 그도 내 것 잃을 리 없으니
이보다 더 나은 거래가 이루어 진 적이 없네.

내 안에 있는 그의 마음 그와 나를 하나 되게 지키고
그의 안에 있는 내 마음 그의 생각과 감정을 이끄네.
한때 그의 것이었기에 그는 내 마음 사랑하고,
내 안에 머물기에 나는 그의 마음 소중히 여기네.

My True-Love Hath My Heart

Philip Sidney

My true-love hath my heart, and I have his,

By just exchange one for another given:

I hold his dear, and mine he cannot miss,

There never was a better bargain driven:

His heart in me keeps him and me in one,

My heart in him his thoughts and senses guides:

He loves my heart, for once it was his own,

I cherish his because in me it bides:

오늘

토머스 칼라일

이렇게 여기 새벽이 찾아왔네
또 하나의 푸른 날이,
생각하라 그대는 이날을
헛되이 지나가게 하려는가.

영원으로부터
이 새로운 날은 태어났고
영원 속으로,
밤에는 다시 돌아가나니.

그 누구의 눈이라도
이날을 미리 보지 못했고,
모두의 눈에서 숨겨져
이날은 이내 영원히 사라진다.

여기 새벽이 찾아왔네
또 하나의 푸른 날이,
생각하라, 그대는 이날을
헛되이 지나가게 하려는가.

Today

Thomas Carlyle

So here hath been dawning

Another blue Day:

Think wilt thou let it

Slip useless away.

Out of Eternity

This new Day is born;

Into Eternity,

At night, will return.

Behold it aforetime

No eye ever did:

So soon it forever

From all eyes is hid.

Here hath been dawning

Another blue Day:

Think wit thou let it

Slip useless away.

인생예찬

헨리 워즈워스 롱펠로

슬픈 곡조로 내게 말하지 말라,
인생이 한낱 공허한 꿈에 지나지 않는다고!
잠자는 영혼은 죽은 것이요
만물은 보여지는 것이 전부가 아니니

인생은 실제적인 것이다! 인생은 진지한 것이다!
무덤이 인생의 목표는 아니라서
너는 본래 흙이니, 흙으로 돌아가라,
이 말은 영혼에 대해 한 말은 아니니

향락도 아니요, 슬픔도 아니요,
우리가 가야할 곳, 우리가 가는 길은
다만 행동 하는 것. 저마다의 내일이
오늘보다 나은 우리의 삶이 되도록.

예술은 길고, 세월은 날아간다.
우리 심장은 담대하고 강할지라도,
여전히, 천으로 두른 북처럼 울린다.
무덤을 향한 장송곡처럼.

이 세상 광대한 싸움터에서,
인생의 야영지에서, 말 못하며 쫓기는 짐승이 되지 말라!
투쟁하여 이기는 영웅이 되어라!

미래를 믿지 말라, 아무리 즐거울지라도!
죽은 과거는 죽음 속에 매장하라!
행동하라, 살아있는 지금 행동하라!
몸 안에는 심장이, 위에는 하나님이 계신다

위인들의 생애는 우리를 일깨운다
우리도 위대한 삶을 이룰 수 있다고,
그리고 떠나가면서, 우리 뒤에 남겨진 것은
시간의 모래밭에 발자국이 될 것이라는,

아마도 다른 이, 곧
인생의 장엄한 대양을 항해하던
외롭고 난파당한 형제가
보고 마음을 다잡을 발자국이 될 것이라는.

그러니, 우리 바로 일어나 행동하자
어떤 운명에도 굴하지 않는 심장으로,
끊임없이 이루고, 끊임없이 추구하면서,
수고함과 기다림을 배워나가자.

A Psalm of Life

Henry Wadsworth Longfellow

Tell me not in mournful numbers,

Life is but an empty dream!

For the soul is dead that slumbers,

And things are not what they seem.

Life is real! Life is earnest!

And the grave is not its goal;

Dust thou are, to dust thou returnest,

Was not spoken of the soul.

Not enjoyment, and not sorrow,

Is our destined end or way;

But to act, that each tomorrow

Find us farther than today.

Art is long, and Time is fleeting,

And our hearts, though stout and brave,

Still, like muffled drums, are beating

Funeral marches to the grave.

In the world's broad field of battle,

In the bivouac of Life,

Be not like dumb, driven cattle!

Be a hero in the strife!

Trust no Future, howe' er pleasant!

Let the dead Past bury its dead!

Act, - act in the living Present!

Heart within, and God o' erhead!

Lives of great men all remind us

We can make our lives sublime,

And, departing, leave behind us

Footprints on the sand of time;

Footprints, that perhaps another,

Sailing o' er life' s solemn main,

A forlorn and shipwrecked brother,

Seeing, shall take heart again.

Let us, then, be up and doing,

With a heart for any fate;

Still achieving, still pursuing,

Learn to labor and to wait.

지혜란 세월과 함께 오는 것

윌리엄 버틀러 예이츠

잎들은 많으나 뿌리는 하나이니
내 젊은 시절 모든 거짓된 날들 내내
나는 내 잎들과 꽃들을 태양 아래서 흔들었다
이제 나 진리 속에서 시들어 가리라.

The Coming of Wisdom with Time

William Butler Yeats

Though leaves are many, the root is one;

Through all the lying days of my youth

I swayed my leaves and flowers in the sun;

Now I may wither into the truth.

초원의 빛

월리엄 워즈워스

한때 그처럼 찬란했던 광채가
지금 내 눈 앞에서 영원히 사라진다 한들,
초원의 빛, 꽃의 영광이 깃든
이 시간이 다시 올 수 없다 한들.

그래도 우리는 슬퍼하지 않고 찾으리
남겨진 것들에서 힘을,
지금까지도 그리고 언제나 있을
원초적 연민 속에서.

인간의 고통 속에서 샘처럼 솟아난
위로하는 생각 속에서,
죽음 너머를 보는 믿음 안에서,
지혜로운 정신을 가져다주는 세월 속에서.

Splendor in the Grass

William Wordsworth

What though the radiance which was once so bright

Be now for ever taken from my sight,

Though nothing can bring back the hour

Of splendor in the grass, of glory in the flower

We will grieve not, rather find

Strength in what remains behind;

In the primal sympathy

Which having been must ever be;

In the soothing thoughts that spring

Out of human suffering;

In the faith that looks through death,

In years that bring the philosophic mind.

무명인

에밀리 디킨슨

난 무명인 입니다! 당신은 누구인가요?
당신도 역시 무명인이신가요?
그럼 우리 둘이 한 쌍이군요!
쉿! 그들이 광고하리라는 거– 당신도 알아요!

얼마나 소름끼칠까요, 유명인이 된다는 건!
얼마나 떠벌이게 될까요? 자기 이름을
외쳐대는 개구리처럼, 기나긴 6월 내내
찬양하는 늪을 향해!

I'm Nobody! Who are you?

Emily Dickinson

I'm Nobody! Who are you?

Are you—Nobody—too?

Then there's a pair of us!

Don't tell! they'd advertise—you know!

How dreary—to be—Somebody!

How public—like a Frog—

To tell one's name—the livelong June—

To an admiring Bog!

고통에 대하여

칼릴 지브란

당신의 고통은 당신의 깨달음을 둘러싼
껍질을 깨는 것이다.
과일의 씨가 깨질 때 그 핵심이 햇빛에 드러나듯이
그렇게 당신도 고통을 알아야 한다.

당신의 삶이 일상적인 기적의 경이로움으로
지켜질 수 있다면 당신의 고통 또한 당신 기쁨의
크기에 못지 않게 여겨져야 한다
당신이 항상 들판 위로 지나가는 계절을
받아들였듯이 당신 마음으로 지나가는
계절도 받아들여야 한다.
그리고 슬픔의 겨울들을 보내면서 내내
조용하게 자신을 지켜보아야 한다.

당신의 많은 고통은 스스로 선택한 것이다
그것은 당신 안에 있는 의사가 당신의 병든 자아를
치료하는 쓴 약이 된다.

On Pain

Kahlil Gibran

Your pain is the breaking of the shell

that encloses your understanding.

Even as the stone of the fruit must break,

that its heart may stand in the sun, so must you know pain.

And could you keep your heart in wonder

at the daily miracles of your life,

your pain would not seem less wondrous than your joy;

And you would accept the seasons of your heart,

even as you have always accepted the seasons that

pass over your fields.

And you would watch with serenity through

the winters of your grief.

Much of your pain is self-chosen.

It is the bitter potion by which the physician within you

heals your sick self.

3

+

상실은 복원되고 슬픔 또한 끝나리라

그대와 나

헨리 앨퍼드

가슴과 영혼과 만감으로 그대를 원합니다
하나이자 모든 것인 그대를,
완전하고 솔직한 그대와의 공감대가 없다면
나는 나락으로 떨어지고 말거에요
우리는 함께여야 합니다, 그대와 나는
우리는 서로를 너무나 원합니다, 꿈과 희망, 계획된 일들,
알고 있는 것이나, 할 일이 무엇인지 깨닫기 위해.
동반자며 위로자요, 안내자며 친구라
사랑이 사랑을 불러오듯이 생각은 생각을 불러 옵니다
인생은 짧고 쏜 살처럼 외로운 시간들은 날아가 버리니,
우리는 함께여야 합니다, 그대와 나는.

You And I

Henry Alford

Heart, soul and senses need you, one and all.

I droop without our full, frank sympathy;

We ought to be together—you and I;

We want each other so, to comprehend

The dream, the hope, things planned, or seen, or wrought.

Companion, comforter and guide and friend,

As much as love asks love, does thought ask thought.

life is so short, so fast the lone hours fly,

We ought to be together, you and I.

하늘의 옷감

월리엄 버틀러 예이츠

내게 금빛과 은빛으로 짜여진
하늘의 수 놓여 진 옷감이 있다면
밤과 낮과 황혼으로 물들인
파랗고 어스름하고 검은 옷감이 있다면
그 천을 그대 발밑에 깔아주겠소
허나 나는 가난하여 가진 것이 꿈뿐이라
내 꿈을 그대 발밑에 깔았다오
사뿐히 밟아주오, 그대가 밟는 것 내 꿈이오니

He Wishes for the Cloths of Heaven

William Butler Yeats

Had I the heaven's embroidered cloths

Enwrought with golden and silver light

The blue and the dim and the dark cloths

of night and light and the half-light,

I would spread the cloths under your feet

But I, being poor, have only my dreams

I have spread my dreams under your feet

Tread softly because you tread on my dreams

감미롭고 고요한 명상에 잠기면서

- 소네트 30

윌리엄 셰익스피어

감미롭고 고요한 명상에 잠기면서
지나간 일들의 기억들을 끄집어낸다
내가 추구하던 많은 것을 이루지 못함을 탄식하며
오랜 슬픔으로 내 소중한 시간의 허비를 새삼 한탄하네

날짜 없는 죽음의 밤 속에 감춰진 소중한 벗들을 위해
흐르지 않던 눈물이 내 눈에서 흘러내리네
오래 전에 끝난 사랑의 슬픔을 다시 슬퍼하고,
수많은 사라진 모습의 소중함을 애도한다.

지나가 버린 비통함을 비통해하며
무거운 마음으로 슬픔에서 슬픔을 전한다
이전의 애도했던 애도의 슬픈 계산을
이전에 지불하지 않은 것처럼 다시 지불한다.

하지만 내가 그대를 생각하는 동안은, 그리운 벗이어,
모든 잃은 것은 복원되고 슬픔 또한 끝나리라.

When to the sessions of sweet silent thought

-Sonnet 30

William Shakespeare

When to the sessions of sweet silent thought

I summon up remembrance of things past.

I sigh the lack of many a thing I sought,

And with old owes new wail my dear time' s waste:

Then can I drawn an eye, unused to flow,

For precious friends hid in death' s dateless night,

And weep afresh love' s long since cancell' d woe,

And moan the expense of many a vanish' d sight:

Then can I grieve at grievances foregone,

and heavily from woe to woe tell o' er

The sad account of fore-bemoaned moan,

Which I new pay as if not paid before.

But if the while I think on thee, dear friend,

All losses are restored and sorrows end.

내가 만일 멈추게 할 수 있다면

에밀리 디킨슨

내 만일 어떤 이의 무너져 내리는 마음을 멈추게 할 수만 있다면
나는 헛되이 사는 것이 아니리라,
내 만일 어떤 이의 삶의 고통을 편안하게 해 줄 수 있거나,
어떤 이의 통증을 가라앉힐 수 있거나,
숨이 끊어져 가는 한 마리 지빠귀를 도와
둥지로 다시 돌아가게 해줄 수 있다면,
나는 헛되이 사는 것이 아니니라.

If I Can Stop One Heart from Breaking

Emily Dickinson

If I can stop one heart from breaking

I shall not live in vain;

If I can ease one life the aching,

Or cool one pain,

Or help one fainting robin

Into his nest again,

I shall not live in vain.

사랑의 성장

아치볼드 램프먼

사랑하는 이여, 사랑의 날이 짧다고 애달파 하는 자는
내게서 조금이라도 우아함을 찾지 못하리라, 내 짐작컨대,
이 열정의 민감함을 너무나 잘 아는 자는
그것이 가볍게 스쳐 지나가리라고 여기기라
인생의 지루한 연극에서 순간의 막간이었다고,
비록 수많은 사랑이 비탄에 빠져 허우적거리며
이루지 못했지만, 사랑하는 이여, 그래도 그것은
둘의 머리가 희어질 될 때까지 우리들 속에 깊이 박혀 있으니,
완전한 사랑은 짙푸른 녹색식물 같아서
꽃이 피고 져도 사라지지 않고 계속 살아 있으리,
부드러운 사랑을 하는 자들은 부족한 것이 없으니
처음에 가졌던 수많은 꿈의 상상이 사라졌다 해도.
꽃은 향기롭다, 그것의 빛나는 영광이 날아가 버려도
결코 죽지 않는 푸르름 속에서 그 향기 더욱 더 발하리라.

The Growth of Love

Archibald Lampman

Beloved, those who moan of love's brief day

Shall find but little grace with me, I guess,

Who know too well this passion's tenderness

To deem that it shall lightly pass away,

A moment's interlude in life's dull play;

though many loves have lingered to distress,

so shall not ours, sweet lady, ne'ertheless,

But deepen with us till both heads be grey.

For perfect love is like a fair green plant,

That fades not with its blossoms, but lives on,

And gentle lovers shall not come to want,

Though fancy with its first mad dream be gone;

Sweet is the flower, whose radiant glory flies,

But sweeter still the green that never dies.

생일

크리스티나 로세티

내 마음은 노래하는 새 같아요
물오른 가지에 둥지를 튼,
내 마음은 사과나무 같아요
주렁주렁 열매로 가지가 휘어진,
내 마음은 무지개빛 조가비 같아요
평온한 바다에서 노를 젓는,
내 마음 이 모든 것들보다 더 기뻐요
내 사랑이 내게 찾아왔거든요.

나에게 비단과 깃털로 단을 세워 주세요
다람쥐 모피와 자주색 천을 드리우고,
비둘기와 석류를 새겨 넣고,
백 개의 눈을 가진 공작도 함께요
금빛 은빛 포도송이를 수놓고,
잎새들과 은빛 백합 문양도 함께요
내 인생의 생일이 찾아왔어요,
내 사랑이 내게 찾아왔거든요.

A Birthday

Christina Rossetti

My heart is like a singing bird
Whose nest is in a watered shoot;
My heart is like an apple-tree
Whose boughs are bent with thickset fruit;
My heart is like a rainbow shell
That paddles in a halcyon sea;
My heart is gladder than all these,
Because my love is come to me.

Raise me a dais of silk and down;
Hang it with vair and purple dyes;
Carve it in doves and pomegranates,
And peacocks with a hundred eyes;
Work it in gold and silver grapes,
In leaves and silver fleurs-de-lys;
Because the birthday of my life
 Is come, my love is come to me.

음악은 부드러운 음성이 사라질 때

퍼시 비시 셸리

음악은, 부드러운 음성이 사라질 때
기억 속에서 울려 퍼지고
향기는, 감미로운 제비꽃이 병들었을 때
감각 속에 머물며 빠르게 자극한다

장미 꽃잎은, 장미가 죽었을 때에
그 사랑받는 이의 침상을 위해 쌓여지고
그대의 생각들은, 그대가 가버린 후에
그 자체로 사랑 위에서 잠이 들리라.

Music, When Soft Voices Die

Percy Bysshe Shelley

Music, When soft voices die,

Vibrates in the memory-

Odours, when sweet violets sicken,

Live within the sense they quicken.

Rose leaves, when the rose is dead,

Are heaped for the belove' s bed;

And so thy thoughts, when thou art gone,

Love itself shall slumber on.

인생은 거울

매들린 브리지스

변치 않는 마음과 담대한 정신이 있다
순수하고 진실된 영혼도 있다.
그러니 당신이 가진 최상의 것을 세상에 주라
최상의 것이 당신에게 돌아온다.

사랑을 주면, 사랑이 당신의 삶에 넘쳐흐르고
당신이 가장 어려울 때 힘이 된다
믿음을 가지면, 그러면 많은 이들이
당신의 말과 행동에 믿음을 보인다.

진실을 주면 당신의 선물이 친절로 돌아오고
존경은 존경으로 만나게 된다
부드러운 미소는 분명히
부드러운 미소로 돌아온다

연민과 슬픔을 슬퍼하는 이들에게 주면
꽃으로 다시 거두게 된다
당신의 생각에서 우러나는 흩어진 씨앗들을
뿌리는 것이 헛되이 보일지라도.

인생은 왕에게도 노예에게도 거울이 되니
우리의 모습과 행동을 그대로 비춘다
당신이 가진 최상의 것을 세상에 준다면
최상의 것이 당신에게 돌아온다.

Life's Mirror

Madeline Bridges

There are royal hearts, there are spirits brave,

There re souls that are pure and true;

Then give to the world the best that you have,

An the best will come back to you.

Give love, and love to your life will flow,

A strength in your utmost need;

Have faith, and a score of hearts will show

Their faith in your word and deed.

Give truth, and your gift will be paid in kind,

And honor will honor meet;

And the smile which is sweet will surely find

A smile that is just as sweet.

Give pity and sorrow to those who mourn,

You will gather in flowers again

The scattered seeds from your thought outborne

Though the sowing seemed but vain.

For life is the mirror of king and slave,

'Tis just what we are and do;

Then give to the world the best that you have

And the best will come back to you.

참나무

앨프리드 테니슨

네 삶을 살아라
젊었거나 늙었거나,
참나무 같이
봄에는 생동하는
황금빛으로 빛나며,
여름에는 무성하고
그리고, 그리고 나서
가을이 오면 다시
더욱 더 맑은
황금빛이 되고,
마침내 나뭇잎
모두 떨어지면
보라, 줄기와 가지로 나목 되어 선
저 발가벗은 '힘'을.

The Oak

Alfred Tennyson

Live thy life,

Young and old,

Like yon oak,

Bright in spring,

Living gold;

Summer-rich

Then; and the

Autumn_changed

Soberer-hued

Gold again.

All his leaves

Fall' n at length,

Look, he stands,

Trunk and bough

Naked strength.

무지개

월리엄 워즈워스

하늘의 무지개를 바라보면
내 마음은 뛰논다
나 어려서도 그러했고,
어른이 된 지금도 그러하네
늙어서도 그러하리라
그렇지 못하다면 차라리 죽는 것이 나으리!
어린이는 어른의 아버지라,
내 삶의 나날들이 자연에 대한
경건함으로 서로 이어지기 바라네.

Rainbow

William Wordsworth

My heart leaps up when I behold

A rainbow in the sky:

So was it when my life began;

So is it now I am a man;

So be it when I shall grow old,

Or let me die!

The Child is father for the Man;

And I could wish my days to be

Bound each to each by natural piety.

부서져라, 부서져라, 부서져라

부서져라, 부서져라, 부서져라
네 차가운 잿빛 바위 위에, 오 바다여!
나도 혀로 내 안에 솟아나는
생각을 그처럼 뱉어낼 수 있다면 좋겠네

오, 어부의 아들도 즐거워서
누이와 소리치며 놀고 있구나!
오, 젊은 뱃사공은 즐거워서,
포구에 띄운 그의 배 안에서 노래 부르네!

위풍당당한 배들은 앞으로 나아가네
언덕 밑 그들의 항구로,
오, 그리워라, 사라져버린 손길의 감촉이여,
그리고 이제는 멈춰버린 목소리여!

부서져라, 부서져라, 부서져라
네 험준한 바위 기슭에, 오 바다여!
하지만 사라져버린 날의 포근한 은총은
결코 내게 다시 돌아오지 않으리.

Break, Break, Break

Alfred Tennyson

Break, Break, Break,

On thy cold gray stones, O sea!

And I would that my tongue could utter

The thoughts that arise in me.

O, well for the fisherman's boy,

That he shouts with his sister at play!

O, well for the sailor lad,

That he sings in his boat on the bay!

And the stately ships go on

To their haven under the hill;

But O for the touch of a vanished hand,

And the sound of a voice that is still!

Break, Break, Break,

At the foot of thy crags, O Sea!

But the tender grace of a day that is dead

Will never come back to me.

4
+

읊어다오, 순수하고 가슴에 사무치는 시를

사랑의 철학

퍼시 비시 셸리

샘물은 흘러서 강물과 만나고
강물은 흘러서 바다와 만난다
하늘의 바람들은 달콤한 감정으로
서로 영원히 어울린다.
이 세상에 홀로 있는 것은 없다
만물은 신성한 법칙을 따라
서로 다른 존재들이 어울리는데
그대와 나 어찌 함께 하지 못하랴?

보라, 산은 높은 하늘과 입맞추고
파도는 파도끼리 서로 껴안는다
만약 누가 그의 형제를 업신여긴다면
누구라도 용서받을 수 없으리
햇빛은 대지를 얼싸안고
달빛은 바다에 입맞추는데
만약 그대가 나에게 입맞추지 않는다면
이 모든 입맞춤이 무슨 소용이 있으랴?

Love's Philosophy

Percy Bysshe Shelley

The fountains mingle with the river

And the rivers with the Ocean.

The winds of Heaven mix for ever.

With a sweet emotion;

Nothing in the world is single.

All things by a law divine.

In one another' s beings mingle.

Why not I with thine?

See the mountains kiss high Heaven.

And the waves clasp one another;

No sister-flower would be forgiven

If it disdained its brother;

And the sunlight clasps the earth

And the moonbeams kiss the sea;

What are all these kissings worth

If thou kiss not me?

소네트 148

윌리엄 셰익스피어

아, 사랑이 내 머리에 어떤 눈을 심어놓아
참된 시각으로 교류하지 못하게 하는가!
아니, 그렇다 해도, 나의 판단은 어디로 달아나서
그들이 옳게 본 것을 거짓되다고 비난하는가?
내 거짓된 눈은 홀딱 빠져드는 것마다 아름다우니
세상이 그렇지 않다고 말하는 것은 무슨 의미인가?
실제로 그렇지 않다면, 사랑이 아름답게 보는 것이라
사랑의 눈은 모든 사람의 눈처럼 진실 되지 않다.
아니, 어찌 그럴 수 있겠는가? 기다림과 눈물로
그토록 괴롭힘을 당한 눈이 어찌 진실 될 수 있으리오?
이젠 내 보는 것이 잘못되었다 해도 놀라지 않으리
태양은 하늘이 맑을 때까지 스스로 보이지 않는다.
아 교활한 사랑이여! 눈물로 내 눈을 멀게 하였네
잘 보는 눈이 그대의 지저분한 결점을 볼 수 없도록.

Sonnet 148

William Shakespeare

O me, what eyes hath Love put in my head,

Which have no correspondence with true sight!

Or, if they have, where is my judgment fled,

That censures falsely what they see aright?

If that be fair whereon my false eyes dote,

What means the world to say it is not so?

If it be not, then love doth well denote

Love's eye is not so true as all men's : no,

How can it O, how can Love's eye be true,

That is so vex'd with watching and with tears?

No marvel then, though I mistake my view;

The sun itself sees not till heaven clears.

O cunning Love! with tears thou keep'st me blind,

Lest eyes well-seeing thy foul faults should find.

이따금 고요한 밤이면

토머스 모어

이따금 고요한 밤이면
잠의 사슬이 나를 결박하기 전에
그리운 기억은 내게
지난날의 모습을 가져다 준다
어린 시절의
미소들을, 눈물들을,
그때 고백했던 사랑의 말들을,
지금은 흐릿해지고 사라졌지만
빛나던 눈동자를,
지금은 부서졌지만 발랄했던 마음을,
그리하여 고요한 밤이면
잠의 사슬이 나를 결박하기 전에
슬픈 기억은 내게
지난날의 모습을 가져다 준다.

Oft in the Stilly Night

Thomas More

Oft in the stilly night,

Ere Slumber's chain has bound me,

Fond Memory brings the light

Of other days around me;

The smiles, the tears,

Of boyhood's years,

The words of love then spoken;

The eyes that shone,

Now dimm'd and gone,

The cheerful hearts now broken!

Thus, in the stilly night,

Ere Slumbe's chain hath bound me,

Sad Memory brings the light

Of other days around me.

인생의 강

토머스 캠벨

우리가 살아갈수록 우리들 인생의
계속되는 단계는 더 짧아 보인다.
한 해가 한 시대가 지나는 것처럼,
어린 시절 하루는 일년처럼 보인다.

우리들 청춘 시절의 즐거운 흐름은
정열이 혼란을 일으키기 전 까지는
풀 향기 그윽한 강기슭 따라서,
유유히 흐르는 강처럼 슬며시 지나간다.

그러나 번뇌로 여윈 두 뺨이 창백해지고
슬픔의 화살이 쉴 새 없이 날아오면,
너 별들이여, 인간의 생명을 측량하는 너희의
운행이 어찌 그렇듯 빠르게 보이는가?

즐거운 일들이 생기의 발랄함을 잃고
사는 일 자체가 무의미해지고
왜, 우리가 죽음의 폭포에 도달했을 때
그 흐름을 더욱 신속하게 느끼는 것일까?

이상하게 여길 수 있으나, 누가 시간의
흐름을 천천히 흐르도록 변화 시키겠는가
이제 우리들 친구들은 하나하나 가버리고
우리의 가슴속에 피눈물을 남기리라

하늘은 힘이 쇠잔한 노년의 시절에는
그것을 보상해 흐름을 빨리하고
청춘의 시절에는 그 즐거움에 걸맞게
시간이 길게 여겨지게 해 준다.

The River of Life

Thomas Campbell

The more we live, more brief appear

Our life's succeeding stages;

A day to childhood seems a year,

And years like passing ages.

The gladsome current of our youth,

Ere passion yet disorders,

Steals lingering like a river smooth

Along its grassy borders.

But as the careworn cheek grows wan,

And sorrow's shafts fly thicker,

Ye stars, that measure life to man,

Why seem your courses quicker?

When joys have lost their bloom and breath,

And life itself is vapid,

Why, as we reach the Falls of Death

Feel we its tide more rapid?

It may be strange —yet who would change

Time's course to slower speeding,

When one by one our friends have gone,

And left our bosoms bleeding?

Heaven gives our years of fading strength

Indemnifying fleetness;

And those of youth, a seeming length,

Proportion'd to their sweetness.

철쭉꽃

랠프 월도 에머슨

왜 그 꽃이 피어났을까? 하고 물음을 받았네.
오월, 해풍이 우리의 고독을 파고들 때에
나는 숲에서 갓 피어난 철쭉 꽃을 보았네
철쭉의 잎 없는 꽃들이 습기찬 후미진 곳에서 피어나
메마른 땅과 천천히 흐르는 개울을 기쁘게 하네
자줏빛 꽃잎들은, 물웅덩이로 떨어져
그 아름다움으로 짙은 물빛은 환해졌고
여기에 붉은 새가 찾아와 그 깃털을 식히다가
자신의 맵시를 볼품없게 만든 그대에게 사랑을 고백하리라.

철쭉이여! 현명한 자들이 왜

그런 매력을 하늘과 땅에서 허비하고 있느냐고 물으면

그들에게 말하라, 그대여, 보기위해 눈이 만들어졌다면

아름다움도 그 나름대로의 존재의 이유가 있다고

왜 거기에 그대는 있었는가, 오 장미에 필적할 만한 자여!

나는 물으려고 생각도 못했고, 결코 알지도 못하였네

단지 내 단순한 무지로, 추측하기를

나를 거기에 데려간 그와 똑같은 힘이 너를 거기에 데려간 것

이라고.

The Rhodora

Ralph Waldo Emerson

On being asked, Whence is the Flower?

In May, when sea-winds pierced our solitudes,

I found the fresh Rhodora in the Woods,

Spreading its leafless blooms in a damp nook,

To please the desert and the sluggish brook,

The purple petals, fallen in the pool,

Made the black water with their beauty gay;

Here might the red-bird come his plumes to cool,

And court the flower that cheapens his array.

Rhodora! if the sages ask thee why

This charm is wasted on the earth and sky,

Tell them, dear, that if eyes were made for seeing,

Then Beauty is its own excuse for being

Why thou went there, O rival of the rose!

I never thought to ask, I never knew:

But, in my simple ignorance, suppose

The self-same Power that brought me there brought you.

화살과 노래

헨리 워즈워스 롱펠로

허공을 향해 화살을 당겼네
화살은 땅에 떨어졌으나, 그 어딘지는 모르네
그렇게도 빨리 날아가니, 눈으로는
날아가는 그 화살을 따라 갈 수 없네

허공을 향해 노래를 불렀네.
노래는 땅에 떨어졌으나, 그 어딘지는 모르네
시력이 제아무리 예리하고 강하다한들
날아가는 노래를 따라 갈 수 있을까?

오랜 세월이 흐른 후, 한 참나무에서
나는 보았네, 여전히 부러져 있지 않은 화살을,
노래도, 처음부터 끝까지,
한 친구의 마음속에서 다시 찾았네.

The Arrow and the Song

Henry Wadsworth Longfellow

I shot an arrow into the air;
It fell to earth, I knew not where;
For, so swiftly it flew, the sight
Could not follow it in its flight.

I breathed a song into the air;
It fell to earth, I knew not where;
For, who has sight so keen and strong
That it can follow the flight of song?

Long, long afterward, in an oak
I found the arrow, still unbroke;
And the song, from beginning to end,
I found again in the heart of a friend.

고귀한 자연

대체로, 보다 나은 사람이 되는 길은
나무같이 자라는 것이 아니다
참나무는 삼백년을 오래 서 있다가
결국 마르고 벗겨지고 태워지는 통나무로 쓰러진다
백합은 하루를 살지만
오월에는 더 더욱 아름다워
밤사이 시들어 죽는다 해도,
그것은 빛의 식물이요, 꽃이었다.
작으면 작은 대로 우리는 거기서 아름다움을 보네
짧게 헤아려지는 삶도 완벽할 수 있다는 것을.

The Noble Nature

Ben Jonson

It is not growing like a tree

In bulk, doth make man better be;

Or standing long an oak, three hundred year,

To fall a log at last, dry, bald, and sear:

A lily of a day

Is fairer far in May,

Although it fall and die that night,--

It was the plant and flower of Light.

In small proportions we just beauties see;

And in short measures life may perfect be.

긴 침묵 뒤에

윌리엄 버틀러 예이츠

긴 침묵 뒤에 하는 말, 그것이 옳으니,
다른 모든 연인들은 다 멀어지거나 잠들었고
싸늘한 등불은 갓 아래 숨어 있으며
커튼도 싸늘한 밤을 의지해 드리워져 있네
예술과 노래라는 최상의 논제를
우리는 상세히 논하고 다시 논한다
육신의 노쇠는 지혜라, 젊어서는
우린 서로 사랑했으나 무지했다네.

After Long Silence

William Butler Yeats

Speech after long silence : it is right,

All other lovers being estranged or dead,

Unfriendly lamplight hid under its shade

The curtains drawn upon unfriendly night

That we descant and yet again descant

Upon the supreme theme of Art and Song

Bodily decrepitude is wisdom; young

We loved each other and were ignorant.

내게 와서, 시를 읊어다오

헨리 워즈워스 롱펠로

와서, 내게 시를 읊어다오
순수하고 가슴에 사무치는 시를,
이 들뜬 마음을 달래주고,
하루의 생각들이 사라지도록.

그 소중히 여기는 시집에서
그대가 뽑은 시를 읽으며,
그 시인의 운율에 맞춰
그대 아름다운 음성 들려주세요

그러면 이 밤 노래로 가득 넘쳐
하루 동안 들끓었던 근심들이,
아라비아인들처럼, 텐트를 접고
살며시 달아나리라.

Come Read to Me Some Poem

Henry Wadsworth Longfellow

Come, read to me some poem,

Some simple and heartfelt lay,

The shall soothe this restless feeling,

And banish the thoughts of day.

Then read from the treasured volume

the poem of thy choice,

And lend to the rhyme of the poet

The beauty of thy voice.

And the night shall be filled with music,

And the cares, that infest the day,

Shall fold their tents, like the Arabs,

And as silently steal away.

버드나무 정원

월리엄 버틀러 예이츠

버드나무 정원을 지나
내 사랑과 나는 만났네
그녀는 작고 눈처럼 흰 발로
버드나무 정원을 지나며
그녀는 내게 나무에서 나뭇잎이 자라듯
사랑을 쉽게 받아들이라고 말했지
그때 나는 젊고 어리석었던 까닭에
그녀의 말에 동조하지 않았네.

시냇가 어느 들녘에서
내 사랑과 나는 서 있었네
나의 기울어진 어깨 위에
그녀는 눈처럼 흰 손을 얹으며
그녀는 내게 언덕위에 풀들이 자라듯
인생을 쉽게 받아들이라고 말했지
그때 나는 젊고 어리석었던 탓에
지금 내 눈에는 눈물만 가득하네.

The Salley Gardens

William Butler Yeats

Down by the salley gardens

My love and I did meet

She passed the salley gardens

With little snow-white feet

She bid me take love easy

As the leaves grow on the tree

But I, being young and foolish

With her would not agree.

In a field by the river

My love and I did stand

And on my leaning shoulder

She laid her snow-white hand

She bid me take life easy

As the grass grows on the weirs

But I was young and foolish

And now am full of tears.

이니스프리 호수 섬

월리엄 버틀러 예이츠

이제 일어나 가리, 이니스프리로 가리라
진흙과 잔가지 엮어 거기에 작은 오두막 짓고
거기에 아홉 이랑 콩밭 가꾸고 벌통도 하나 치리
벌 윙윙대는 숲 속에 나 홀로 살리라.

거기서 얼마쯤 평화를 누리리, 평화는 서서히 내리는 것
아침의 장막으로부터 귀뚜라미 우는 곳에 이르기까지
한밤엔 온통 은은한 빛, 한낮엔 환한 보랏빛
저녁엔 홍방울새 날개 소리 가득 넘치리.

이제 일어나 가리, 밤이나 낮이나 늘
호숫가에 찰싹이는 낮은 물결 소리 들으며,
길 위나 회색빛 포장도로에 서 있을 동안
내 마음속 깊이 그 물결 소리 들리네.

The Lake Isle of Innisfree

William Butler Yeats

I will arise and go now, and go to Innisfree,
And a small cabin build there, of clay and wattles made;
Nine bean-rows will I have there, a hive of the honey bee,
And live alone in the bee-loud glade.

And I shall have some peace there, for peace comes
    dropping slow,
Dropping from the veils of the morning to where the cricket
    sings;
There midnight's all glimmer, and noon a purple glow,
And evening full of the linnet's wings.

I will arise and go now, for always night and day
I hear lake water lapping with low sounds by the shore;
While I stand on the roadway, or on the pavements grey,
I hear it in the deep heart's core.

5

+

평지의 가장자리를 따라 피는 수선화처럼

수선화

윌리엄 워즈워스

나는 외로이 떠돌았네
골짜기와 언덕 위를 높이 떠도는 구름처럼
문득 나는 수많은 무리를 보았네
한 무리 황금빛 수선화를,
호숫가에서, 나무아래서,
바람에 너울너울 춤추고 있는 것을.

은하수에서 영롱하게 빛나는
별들처럼 끝없이 연이어지고 있었고
평지의 가장자리를 따라
그들은 끝 간 데 없이 뻗어 있었네
수 만송이를 나는 한 눈에 보았네
흥겹게 춤추며 머리를 흔드는 것을.

물결도 그들 옆에서 춤추었으나
그들은 신이 나서 반짝이는 물결을 능가했네
시인은 즐거울 수 밖에
그처럼 흥겨운 무리 속에서
나는 보았고 또 보았으나 조금도 생각지 못한 것은
내게 보여준 풍요로움이 가져다 준 것이리라.

이따금 긴 의자에 누워
공허하거나 깊은 생각에 잠길 때
그 모습은 내 뇌리에 스쳐지나간다
그것은 고독이 주는 축복,
그럴 때면 내 마음은 기쁨에 넘쳐나서
수선화와 함께 춤을 추네.

The Daffodils

William Wordsworth

I wandered lonely as a cloud
That floats on high o' er vales and hills,
When all at once I saw a crowd,
A host, of golden daffodils;
Beside the lake, beneath the trees,
Fluttering and dancing in the breeze.

Continuous as the stars that shine
And twinkle on the Milky Way,
They stretched in never-ending line
Along the margin of a bay:
Ten thousand saw I at a glance,
Tossing their heads in sprightly dance.

The waves beside them danced; but they

Outdid the sparkling waves in glee;

A poet could not but be gay,

In such a jocund company;

I gazed -- and gazed -- but little thought

What wealth the show to me had brought:

For oft, when on my couch I lie

In vacant or in pensive mood,

They flash upon that inward eye

Which is the bliss of solitude;

And then my heart with pleasure fills,

And dances with the daffodils.

이제 더 이상 헤매지 않으리

조지 고든 바이런

이제 더 이상 헤매지 않으리
이렇게 밤 늦도록,
가슴에는 여전히 사랑이 있고
달은 아직 빛나고 있더라도.

칼은 칼집을 낡게 하고
영혼이 가슴을 헤어지게 하니,
마음도 숨을 돌려야 하고
사랑도 스스로 쉬어야 하네.

밤은 사랑을 위해 지어졌다 해도
낮은 너무 일찍 돌아온다 해도
이제 더 이상 헤매지 않으리
달이 빛나는 밤에.

So We'll Go No More A-Roving

George Gordon Byron

So we'll go no more a-roving

So late into the night,

Though the heart be still as loving,

and the moon be still as bright.

For the sword outwears its sheath,

And the soul wears out the breast,

And the heart must pause to breathe,

And Love itself have rest.

Though the night was made for loving,

and the day returns too soon,

Yet we'll go no more a-roving

By the light of the moon.

잃은 것과 얻은 것

헨리 워즈워스 롱펠로

내가 잃은 것과 얻은 것
내가 놓친 것과 이룬 것
비교해 볼 때,
자랑할 만한 여지가 별로 없네.

얼마나 많은 날을 하릴없이 보냈고
얼마나 좋은 뜻을 화살처럼 날려버려
못 미치거나 빗나갔는지
난 알고 있네.

하지만 뉘 감히
현명함으로 잃은 것과 얻은 것을 헤아릴 수 있으랴?
패배가 승리로 가장되고,
가장 낮은 썰물이 밀물로 바뀌는 것이니.

Loss and Gain

Henry Wadsworth Longfellow

What I compare

What I have lost with what I have gained,

What I have missed with What attained,

Little room do I find for pride.

I am aware

How many days have been idly spent;

How like an arrow the good intent

Has fallen short or been turned aside,

But who shall dare

To measure loss and gain in this wise?

defeat may be victory in disguise;

The lowest ebb is the tum of the tide.

첫사랑

월리엄 버틀러 예이츠

비록 떠가는 달처럼
미의 살벌한 종족 속에서 키워졌지만,
그녀는 잠시동안 걷고 잠시동안 얼굴 붉히며
그리고 내가 다니는 길에 서 있다
그녀의 몸이 살과 피로 된 심장을
갖고 있다고 내가 생각할 때까지.

그러나 나 그 위에 손을 얹고
돌같이 차가운 마음을 발견한 후엔
많은 것을 시도해 보았으나
아무것도 이루지 못했다
매번 뻗치는 손은 달 위를 여행하는
미치광이 같아라.

그녀는 웃었고, 그건 내 모습을 변모시켜
얼간이로 만들었고
여기, 저기를 어슬렁거린다
달이 사라진 뒤의
별들의 하늘의 운행보다 더
생각이 텅 빈 자로.

First Love

William Butler Yeats

Though nurtured like the sailing moon

In beauty's murderous brood,

She walked awhile and blushed awhile

And on my pathway stood

Until I thought her body bore

A heart of flesh and blood.

But since I laid a hand thereon

And found a heart of stone

I have attempted many things

And not a thing is done,

For every hand is lunatic

That travels on the moon.

She smiled and that transfigured me

And left me but a lout,

Maundering here, and maundering there,

Emptier of thought

Than the heavenly circuit of its stars

When the moon sails out.

희망은 날개 달린 것

에밀리 디킨슨

희망은 달개 달린 것
영혼 가운데 앉아
가사 없는 곡조를 노래하며
전혀 그칠 줄 모른다

사나운 강풍 소리에 가장 감미롭고,
많은 이를 따뜻하게 지켜준
작은 새도 당황케 만드는
그 심한 폭풍 속에서도.

나는 가장 추운 땅에서도
가장 낯선 바다에서도 그 노래 들었네
하지만, 결코, 절박한 때에도
내게 빵 한 조각 청하지 않았다

Hope is the Thing with Feathers

Emily Dickinson

Hope is the thing with feathers

That perches in the soul

And sings the tune without the words

and never stops at all.

And sweetest in the gale is heard;

And sore must be the storm

That could abash the little bird

That kept so many warm.

I' ve heard it in the chilliest land

And on the strangest sea;

Yet, never, in extremity,

It asked a crumb of me.

그녀는 아름답게 걷는다

조지 고든 바이런

그녀는 아름답게 걷는다.
구름 한 점 없고 별이 빛나는 밤하늘처럼
어둠과 빛의 모든 진수가
그녀의 얼굴과 두 눈에서 만나고,
화려하게 빛나는 낮에게는 하늘도 거절하는
부드러운 빛으로 무르익는다.

그늘 한 점 더하고, 빛 한 줄기 덜했어도
형언할 수 없는 그 우아함의 반은 해쳤으리라.
검고 빛나는 머리타래는 가닥가닥 물결치고
고요하고 감미로운 생각들을 나타내는
부드럽게 빛을 내는 그녀의 얼굴은
그들의 거처가 얼마나 순결하며 사랑스러운지를 말해 준다.

저 뺨과 이마 위에서
그 부드럽고 조용하면서도 기품이 있는,
마음을 사로잡고, 빛나는 엷은 색을 띤 미소는
선량하게 보낸 지난 날 들을 말해준다
하늘 아래 모든 이들과 화평을 이루는 생각과
순결한 사랑이 깃든 마음을.

She Walks in Beauty

George Gordon Byron

She walks in beauty, like the night

Of cloudless climes and starry skies;

And all that's best of dark and bright

Meet in her aspect and her eyes:

Thus mellowed to that tender light

Which heaven to gaudy day denies.

One shade the more, one ray the less,

Had half impaired the nameless grace

Which waves in every raven tress

Or softly lightens o'er her face

Where thoughts serenely sweet express

How pure, how dear their dwelling place.

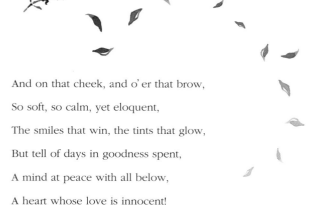

And on that cheek, and o' er that brow,

So soft, so calm, yet eloquent,

The smiles that win, the tints that glow,

But tell of days in goodness spent,

A mind at peace with all below,

A heart whose love is innocent!

나는 당신의 마음을 지니고 다닙니다

E. E. 커밍스

나는 당신의 마음을 지니고 다닙니다
(내 마음속에 지니고 다닙니다)
한 번도 지니지 않을 때가 없습니다
(내가 가는 곳은 어디든 당신도 갑니다. 그대여,
나 홀로 무엇을 하든 그것은 당신이 한 것입니다, 그대여)

나는 운명이 두렵지 않습니다
(당신이 나의 운명이기 때문에, 내 사랑이여)
나는 세상이 필요하지 않습니다
(아름다운 그대가 나의 세상이라서, 내 참된 이여)
달이 늘 의미했던게 무엇이든지 그건 당신입니다
해가 늘 노래 부르게 될 무엇이든지 그건 당신입니다

여기에 아무도 모르는 가장 깊은 비밀이 있고
(여기에 생명이라고 불리는 나무의 뿌리의 뿌리와
싹의 싹과 하늘의 하늘이 있다, 그것은 영혼이 희망하고
마음이 숨을 수 있는 것보다 더 높게 자랍니다)
그리고 이것이 별들을 서로 떨어져 있게 하는 경이입니다

나는 당신의 마음을 지니고 다닙니다
(내 마음속에 지니고 다닙니다)

i carry your heart with me

E. E. Cummings

i carry your heart with me

(i carry it in my heart)

i am never without it

(anywhere i go you go, my dear; and whatever

is done by only me is your doing, my darling)

i fear no fate

(for you are my fate, my sweet)

i want no world

(for beautiful you are my world, my true)

and it's you are whatever a moon has always meant

and whatever a sun will always sing is you

here is the deepest secret nobody knows

(here is the root of the root and the bud of the bud

and the sky of the sky of a tree called life;

which grows higher than soul can hope or mind can hide)

and this is the wonder that's keeping the stars apart

I carry your heart

(i carry it in my heart)

눈물, 덧없는 이 눈물

앨프리드 테니슨

눈물, 덧없는 눈물이 왜 흐르는지 모르겠네
어떤 신성한 절망의 심연에서 흐르는,
가슴에서 솟아올라 눈에 고인다
행복한 가을 들판을 둘러보고
다시 오지 않을 그날들을 생각하니.

수평선 너머로 친구를 실어 오는 돛단배 위에
반짝이는 첫 햇살처럼 새롭고,
사랑하는 모든 이를 싣고 해면 아래로 져가는
배 위를 붉게 물들인 마지막 햇살처럼 슬픈 것,
너무나 슬프고 새롭다, 가버린 그 날들이여.

Tears, Idle Tears

Alfred Tennyson

Tears, idle tears, I know not what they mean,

Tears from the depth of some divine despair

Rise in the heart, and gather to the eyes,

In looking on the happy Autumn-fields,

And thinking of the days that are not more.

Fresh as the first beam glittering on a sail,

That brings our friends up from the underworld.

Sad as the last which reddens over one

That sinks with all we love below the verge;

So sad, so fresh, the days that are no more.

본보기

윌리엄 헨리 데이비스

여기에 한 마리의 나비에게서
본보기를 볼 수 있다.
거칠고 단단한 바위 위에서도
행복이 깃들 수 있다는 것을,
친구도 없이 전혀 홀로
이 달콤하지도 않는 돌 위에서도.

자 이제 내 잠자리가 딱딱해도
상관없으리,
이 작은 나비처럼 내 기쁨을 만들리니
행복한 마음은 돌을 꽃으로,
만드는 힘이 있네.

The Example

William Henry Davies

Here's an example from
A butterfly;
That on a rough, hard rock
Happy can lie;
Friendless and all alone
On this unsweetened stone.

Now let my bed be hard
No care take I;
I'll make my joy like this
Small butterfly;
Whose happy heart has power
To make a stone a flower.

산은 남몰래 자란다

에밀리 디킨슨

산은 남몰래 자란다
그 자주빛 모습들을 떠올리며
노력이나 진력이나,
도움이나, 갈채도 없이,

그 영원한 얼굴 속에서
태양은 광활한 기쁨을 안고서,
오랫동안 그리고 나중에 황금빛을 띄우는
밤의 동행자를 찾는다.

The Mountains Grow Unnoticed

Emily Dickinson

The mountains grow unnoticed,

Their purple figures rise

Without attempt, exhaustion,

Assistance or applause.

In their eternal faces

The sun with broad delight

Looks long- and last-and golden,

For fellowship at night.

연금술

세라 티즈데일

나는 내 마음을 들어 올리렵니다
봄이 빗속에서 한 송이 노란 데이지 꽃을 들어 올리듯,
내 마음은 사랑스러운 잔이 되어보렵니다
비록 고통만이 담겨져 있더라도.

나는 꽃과 잎에서 배우게 되겠지요
그들이 지닌 물방울마다 물들이는 법을,
생기 없는 슬픔의 술을
생동감 있는 금빛으로 바꾸는 법을.

Alchemy

Sara Teasdale

I lift my heart as spring lifts up

A yellow daisy to the rain;

My heart will be a lovely cup

Altho' it holds but pain.

For I shall learn from flower and leaf

That color every drop they hold,

To change the lifeless wine of grief

To living gold.

까페에서
읽는
명시

ⓒ 칼릴 지브란 외, 2017

초판 1쇄 2017년 11월 27일 찍음
초판 1쇄 2017년 12월 5일 펴냄

지은이 | 칼릴 지브란 외
편역 | 쌔라 강
펴낸이 | 이태준
기획 · 편집 | 박상문, 박효주, 김예진, 김환표
디자인 | 최진영, 최원영
관리 | 최수향
인쇄 · 제본 | 대정인쇄공사

펴낸곳 | 북카라반
출판등록 | 제17-332호 2002년 10월 18일

주소 | (121-839) 서울시 마포구 서교동 392-4 삼양E&R빌딩 2층
전화 | 02-486-0385
팩스 | 02-474-1413
www.inmul.co.kr | cntbooks@gmail.com

ISBN 979-11-6005-046-2 03840
값 11,000원

이 도서의 국립중앙도서관 출판시도서목록(CIP)은 서지정보유통지원시스템 홈페이지
(http://seoji.nl.go.kr)와 국가자료공동목록시스템(http://www.nl.go.kr/kolisnet)에서
이용하실 수 있습니다.(CIP제어번호: CIP2017030787)